中国好诗

第二季

栖真之地

桑子 著

中国青年出版社

《论语·雍也篇》

子曰：知者乐水，仁者乐山；
知者动，仁者静；知者乐，仁者寿。

长天长出版基金由西安交大长天软件股份有限公司暨江苏天长环保科技有限公司董事长林宣雄先生发起成立。其宗旨为资助优秀原创文学作品的出版，藉以达成“欲行生态环保，必启心灵环保”之理念，促进社会环境和自然环境之友善和谐。

特此鸣谢长天长出版基金资助本书出版

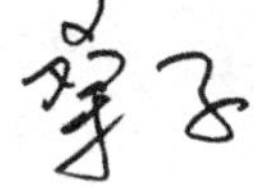

桑 子 浙江绍兴人，中国作家协会会员。著有诗集《永和九年》《水的情史》《兀自东流去》《水印山房》《鬣狗公主娜比》，长篇小说《爱来成就》以及“战争三部曲”（《德克萨斯》《占领区》《绝对命令》，绘画本《一半浅喜，一半深爱》等。参加诗刊第29届“青春诗会”。

图书在版编目（CIP）数据

栖真之地／桑子著． —— 北京：中国青年出版社，
2016.6（中国好诗．第二季）
ISBN 978-7-5153-4232-0
Ⅰ．①栖… Ⅱ．①桑… Ⅲ．①诗集－中国－当代
Ⅳ．① I227
中国版本图书馆 CIP 数据核字 (2016) 第 133837 号

责任编辑：彭明榜
书籍设计：孙初＋林业

中国青年出版社 出版 发行
社址：北京东四 12 条 21 号
邮政编码：100708
网址：www.cyp.com.cn
编辑部电话：(010) 57350506
门市部电话：(010) 57350370
北京科信印刷有限公司印刷　　新华书店经销

889mm×1194mm　1/32　5.25 印张　92 千字
2016 年 6 月北京第 1 版　2016 年 6 月北京第 1 次印刷
定价：35.00 元

微物之神，或静寂的内核

——从“元诗”的角度读桑子

◎ 霍俊明

此地境幽坞绕，水石错落，亦栖真之地。
——徐霞客《滇游日记·28》

通过一个梦境完成一生一次的倾诉
——桑子《一个湛蓝色的下午》

甚至有时在半梦半醒之间想想，恍惚而真切地觉得自己前世可能就是一个江南人——一个在流水旁将白鹅养肥的人，一个在明月中证悟前世的人。有些江南朋友见到我的第一面都以为我是南方人。也许，我是北人南相吧（好话和吉利话谁都爱听，人之常理）！按照鲁迅的说法，“相书上有一条说，北人南相，南人北相者贵，我看这并不是妄语。”南人北相和北人南相二者实际上是一致的，即融合了南北的性格——机灵而厚重。在我看来，桑子也有些像是北方人——个子高挑、处事得体、为人大方、性格直爽。实际上绍兴在江南文化性格中有其特殊性，除了南方之温婉还有越国故地文身断发孔武斗力之遗留，比如贺知章、徐渭、鲁迅性格中“坚硬”甚至狂狷的那一面。

在写这篇短文时我最直接想到的是“流水今日，明月前身”。我们的生命存在只是一瞬间，美好的事物也往往是惊鸿照影。隔着江南的院落，我听到了近乎飘渺的唱文——“赏心乐事谁家院，似这般都付与断井残垣。”一个写作者是多种因由造就而成的。对于桑子来说，她的善良、踏实、勤奋、聪敏、安静是她在多个方面取得成绩的重要原因，而家族基因和遗传谱系也不可忽视。桑子的祖上是明朝万历年间的一代廉臣王舜鼎。他万历二十六年中进士，曾任刑部侍郎、吏部侍郎、工部尚书、太子太保，编有《宣慈录》，一生辛劳勤俭，赐谥恭俭。房山有一座如今荒芜颓败的弘恩寺，而这一明朝寺庙则是皇帝敕建的，其碑记就出自王舜鼎之手。对于桑子来说她是幸运的，因为在具体可感的历史证物面前她能够真切地与自己的祖辈相遇、重逢。2016年初，冬天，尽管时至中午仍冷风嗖嗖刺骨。在中国现代文学馆做完讲座后，我和桑子还有河北的诗人玫初来到国子监街。在那些高大的进士石碑前我们一起寻找桑子祖辈王舜鼎的名字。时间如此残酷，很多刻在石头上的名字也已经风化而消失殆尽了。在有些失望的时候终于找到了那块石碑。不远处就是来回巡逻的保安，而桑子已经跨过那道刷成绿色的栅栏在石碑前咔嚓咔嚓不停拍照了。

读完桑子的诗集《栖真之地》，我想用我新近写的长诗《滇中记梦》（《作品》2016 年 4 月号上半月）中的句子来印证：

是否有一个地方，从未在地图上被标记
即使是一场梦境如虚云
最终，水落石出

季节只在树叶的纹理中变换
一切都是缓慢的
没有钟摆之地终于成为现实

是的，多年来桑子一直在诗歌甚至现实中寻找着她的“栖真之地”。由“栖真之地”出发，桑子的诗歌语言具有典型的“梦幻”性——与日常生活相对应的一个文本和精神世界，“通过一个梦境完成一生一次的倾诉”。这一世界如此切近而又遥不可及。从这点上来说，桑子完成的是近乎不可能完成的“梦想的诗学”。

由“梦想”出发，桑子近年的诗歌几乎是在完成“同一首诗”。这不由让我们想到当年那位伟大的诗人所说的——穷尽一生只为写出一句伟大的诗行。是的，每一个诗人穷其一生只是在完成“一首诗”——这首诗包括他几乎所有的诗歌可能性和个性风貌。“同一首诗”并不是简单重复，而是像油画一样不断累积和叠加。这需要时间之水的反复冲刷、沉淀，正如水成岩一样的艰难。正是在复现和叠加中，桑子进行的是“元诗”的工作。对于阅读一个诗人来说，找到这首“元诗”就非常重要。

那么，桑子的“元诗”是哪一首呢？在我看来就是《猫的世界》。

“猫”，多么接近于女性世界幽微敏感的一面！在这首诗中，我们看到了诗人的“精神”附着到各种物体和情景上，在向“另一个世界”寻找、追逐“消逝的事物”——

它的精神会依附到各种物体上
有时它硕大的脸就贴在窗玻璃上
危险又神秘

有时它会突然消失几天
从一个世界穿梭到另一个世界
去追逐消逝的事物

与此同时，在《猫的世界》中出现的“海一如既往的蓝”“白头的雪”“红嘴的鸥鸟”在桑子的其他近作中也反复现身。

从“元诗”的角度出发，我在行文中将会围绕着某一点通过相互打开、彼此关联的关键词、意象、场景和情势来进行比较式阅读。比如这本诗集《栖真之地》中反复出现的：坠落的果实（“每一枚果实都有一个疲惫的尽头”“熟透的果子掉了下来”“成熟的果子从树上掉落”“刺莓果自己在草丛中成熟”“果荚正在裂开”“死像豆荚一样在阳光下爆裂”“有成熟的果荚在风中碰撞／爆裂的声响犹如枪击发声”“野果接二连三从枝头掉落”“成熟的果子跳了八大步离开”“凋零的／不只是那些衰落而无力的／此中有不易察觉的东西／仿佛朝神”）、花朵（比如反复现身的玫瑰，《事情可能在瞬间改变》《关于死亡和比死亡更坏的事》）、蝴蝶（《撞上了一只深色的蝴蝶》《关于死亡和比死亡更坏的事》《这个世界不会被怀念的东西》）、乌鸦、啮齿类动物、月亮、炉火以及以“蓝”（天空、湖水）“黑”（黑夜）“白”（月亮、日光、雪山）为主体色调的情绪对应——“有一种蓝栖息在花冠之上”“我们蔚蓝如孩童”“纯蓝的天空有一弯新月”“根茎里的水分还有一个广阔而蔚蓝的湖”。是的，古印度婆罗门教《奥义书》上说“一片蓝天胜过一切”。

桑子这些关于“元诗”的诗都是为了从不同角

度强化核心的精神元素和意趣指向，都是为了强化“栖真之地”的“梦想”。“栖真之地”在现实中难以寻找——“没有钟摆之地”如何成为现实？这是一个不关乎时间和空间而只与“真”“爱”一体的世界。这一寻找的过程注定是艰难莫名的。这让我想到了那个终生的“远游人”，那个穷尽一生寻找“栖真之地”的徐霞客。一个江南行者远足到滇地，他最后竟然是凭着肉身和双脚之力背着同行的静文禅师（病逝于中途）的骨灰抵达这一神奇而荒远之地。当我在2015年初秋来到滇西南的鸡足山，我并没有看到徐霞客的身影，但是在那些摇动的草木之中我似乎目睹了微物之神的存在。甚至，我为此付出了代价。那个下午，额头与铁柜的一角相撞，鲜血迸涌的一刻一切都在摇晃和眩晕——正如桑子的那些诗的标题所赫然昭示的那样，《总是突如其来》《事情可能在瞬间改变》。是的，“一定有什么东西超越着我们／它宽阔的翅膀向风向雪展开”。而我更愿意把这个偶然而又注定的下午看作是在尘世的自我救赎，必定了解累生累世的业障，也是为了心爱的人的肉身涅槃。这说得有些太虚空无着了。但是，在精神隐喻的层面“栖真之地”不仅现实中近乎乌托邦，在语言中得以最终完成也是难度巨大的。

从“元诗”出发，桑子诗歌最重要的两个解读入口是“微物之神”“静寂的内核”。

桑子是一个“处女座”的凝视者，凝视“世间最微小的暗示”。

说个日常细节，似乎处女座的人更专注于一件事，比如手机拍照。同样是处女座的雷平阳近两年疯狂地喜欢上了手机摄影，我每次都见到他不断地按下手机的拍摄键——照片都被调整成了黑白色调。是的，摄影就是挽歌的艺术——你所希望停留的事物和人物都在拍摄的那一瞬间成了“逝去之物”。而桑子也是一个近乎痴迷的手机拍摄者，看到美景就连声“哇哇”地冲上前去拍照。实际上，生活场景以及人事并不等同于诗歌世界。

桑子在诗歌中一贯关注的正是那些身边的、日常的甚至想象性的“细微之物”——“神在细小的事物中”。时间之神与死亡之神都同时现身在那些细小的事物身上。从这一点上考量，“蜗牛”就是诗人的“母语”。日常性的时间消磨并不是惊天动地的，而是不易察觉的无形——“尘世如几枚零钱／弃置在不被注意的角落”。而当你发现到这一细微变化甚至变动的时候你同样会因此惊心不已——“花窗上开始有了细小的裂痕／雕镂的大人物衣裳起了皱褶”“它卑微而渺小／在所有事物的中央”“蚂蚁不可思议的小／不可思议的大／在一枚露珠面前天空也一样。”而桑子在诗歌中完成的就是这一“细微”而“惊心”的过程——“被羊齿植物包围着的月亮／饱满而又危险”。这种悄悄的“咬啮”所对应的正是微观、日常而又并不完满的世界。这让人想到当年亚当·扎加耶夫斯基的《尝试赞美这残缺的世界》：“你应当赞美这残缺的世界。/ 想想我们相聚的时光，/ 在一个白房间里，窗帘飘动。/ 回忆那场音乐会，音乐闪烁。/ 你在秋天的公园里拾橡果，/ 树叶在大地的伤口上旋转。/ 赞美这残缺的世界 / 和一只画眉掉下的灰色羽毛，/ 和那游离、消失又重返的 / 柔光。”（黄灿然译）。这是一种反讽性的悖论，是分裂中的肯定，是残缺的赞美。诗人提前领受到了每一个人生命旅程最后的虚无结局。对于桑子而言，她正视世界的残缺，也不乏赞美的温暖之心。世界正如被拦腰折断的树是残缺的，这是一种来自时间的古老的瓦解之声——“三十里湖的鱼被刮去鱼鳞 / 一甲子的人全都剖腹取肠”——诗歌则起到了精神缝合的作用。但是，她也必然在这里面对残酷、阴冷和日常的无诗意现实。

对于桑子而言，这些“微物之诗”并不是“写”出来的，而是直接对应于隐秘而幽微的内心世界。这是瞬间的生成——正如细发从毛囊中成长一样。这样的诗不可模仿和追附，甚至对于诗人自身而言也带有“一次性”——“温差把草原的白天和夜晚 / 分成两部分 / 像一只鞋垫从旧鞋上脱落了下来”。生成性的、神启性的、梦想性的诗是一个人在一瞬间与外物的相遇，内心渊薮在一瞬间被特殊场合和情势的突如其来的闪电击中。“小场景”却能够打开“大主题”的晦暗不明的镜子。正是在那些细小幽微易于被忽视之物那里桑子打开了我们情感经验共时体的诸多分岔路径，“我们是极微小的一部分”“灯心草活过一些庞然大物”“一只更小的蜗牛在更小的细节里”。在细小“蝴蝶”扇动的彩色翅膀那里桑子直接呈现了席卷过来的雪崩效应。这是“物象”转化、变形为“心象”的过程——“物象”被赋予生命感之后在文本中得以还原、重生与再造。这也是诗歌的时间化、生命化、普世化和历史化的过程。这一“心象”化的过程必然与一个诗人的生命感悟和时间性焦虑有关——“我将画出令自己满意的肖像画／在我年老的时候／像认识自身一样”。正如古希腊神庙上那句古老的铭文——认识你自身。基于此，桑子的诗歌中出现最多的就是时间性的背景（比如某一时刻、天气、时令、季节），甚至直接以月份和相对应的情感、心象为诗歌的核心（比如“二月的夜　裹着半透明的绸缎”“二月的大风把她拦在半山腰”“忧伤的四月和飘荡的白色音乐”“四月的佛手五月的石榴六月的荷塘”“在五月的阴凉中”“七月是完美的”“还有什么能快过八月的闪电”“夏天是土著／眼瞅着秋天来收走它的果实”“九月，我们去屋顶捕最初的太阳”“十月之外的荒原”“十一月的树木将光着身子”“十月的剧情”“十二月的雪”“十二月的大风中”“过完十一月还无法埋葬的东西”“在这十二月／在迅猛的春天动身之前”“十二月的霜／一月的雪”“十二月是储藏的季节”“嗞嗞地烤着十二个月的雨水和雾气”）。由此可以说女诗人是最易感于时间的敏感族类，内心的潮汐、身体的触丝对应于月轨。这就是日常细微之物的“诗歌动力学”。

与“微物之神”对应的正是“静寂的内核”。

“静寂的内核”的寻找与确认在桑子这里是通过“亮光”与“阴影”相交错的地带来完成的——“寂静如时光之箭”“只有寂静在君临一切造化”。这正像她的钢笔画，简朴的黑白世界却是这世界常态的准确投射。这个内心怀有“温暖”的“亮光”的女性正是在现实和梦境中的斑驳阴冷的黑暗地带前行的，“有多少亮光就有多少暗影”。看看她诗歌里的那些阴影地带吧——苔藓在那里生长，而桑子的诗总是在“阴影”（阴暗、冷酷、残忍之物）与“亮光”（温暖、安静、梦幻之心）的比照中完成——“再也无法和黑暗融为一体／我体内有光”“一种忧伤和一种愉悦同时在占有它”“有光在暗里穿行”“明亮的风吹进了灌木丛”“他爱上她身上的光和阴影”“每当我在阴影下活着……我在火中写诗”“我们无能为力的事物／也可以有明亮的光辉”“看得见叶梗暗的部分／记得起雪如何亮而白”“世界深幽的黑瞳”。

这是一个向“世间一切晦暗之物”“索要亮光”的诗人。诗人所要最终揭示的是那些暗夜中静静发散着微光的事物和精神内核。这是一个着白衣暗夜行走并提前领受了凛凛雪意的诗人，“夜行的动物披着光的袍子”“夜色中行走极具仪式感”“与尘土结合，披着光芒的长袍”。在黑夜中行走，诗人必然要设置“光源”——比如桑子诗歌中反复出现的月光、灯火、炉火、灶火。一个寒冷清寂的人才更需要取暖，“大多数时候我在炉上烤薄饼”“那彻夜不眠的长夜／等着那亲爱的人//我将把房间用火烤热／让陈年的松枝散发着甜味”“灰烬中的火焰可抵达天堂之高塔”。于黑夜里面对幽暗之物，这个女性有些顾影自怜，既有暖暖的对光与爱之物的希冀又有着冷冷的怀疑和诘问。这样所产生的必然是纠结莫名的诗，诗歌里那些错乱的线头都缠绕扭结在一起。这是在夤夜的静寂和不知名的天籁中仍然寻求“神迹”的女性。

这是一个试图调和“水火”甚至“死与不死”的写作者，而能知晓自身命运以及世事常理则更为不易——“许多事物不会死亡只会更替”“葬礼结束／玫瑰凋零／不是死，而是不再活着”“一个可以活着也可以死去的年龄”。2016年春天，捷克首都布拉格在阴雨和阳光中。我和吉狄马加、商震近乎痴迷地穿梭流连于这里大大小小的墓地，那些黑色的乌鸦就静静地呆立在黑暗的枝干间。雨水在大理石或青铜墓碑上闪亮。对于生者而言，在一群死去的人那里站立才显得更为孤独而又不可言说——“有春天的花朵开在十八世纪的墓碑上”“墓地似蜂巢／看得见的静四处呼应／山峦般起伏”。由此，正如桑子所说“语言的极限与世界的极限毗邻而居”。

写作的残酷性正在于“死亡”“孤独”“未知”“偶然”“变故”“虚无谵妄”“无能为力的事物”“无物之阵”对诗人和语言的双重挑战，“万物只见轮廓而不清晰”“永恒的东西在路过万物”。而诗歌也必然是对难以把握甚至永生遥不可及的事物的探询，诗人要遭逢那些“衰败”“凋零”“残缺”的严寒时刻——所以诗人要在“祭坛一样的宁静”中“供奉这清寂”“她的手就会伸向荆棘丛”。这甚至形成了诗人写作的永恒驱动器和心理机制，“一切有把握的事件都显得那么愚蠢”。诗人要面对的是对“缺席的”“丧失的”事物的追述，在面对“我们无能为力的事物”“将要到来又要离开的东西”时保持隐忍与宽怀之心。诗人在确认也在诘问，“你为何还要像牧师布道般不知疲倦”。

对于那些撞身取暖的人来说桑子则是一个“撞词取暖”的人。

写作的残酷性还在于“诗人”是“发现”“创设”的同义语，但是“发现”“创设”太艰难了，因为“每一片树叶都被写过了”。更多的时候诗人只是在“重述”，无论是写作任何一种题材和所涉及到的情感、经验都能在历时性的诗歌谱系那里找到对应与精神共振。在这一点上而言，诗人并不是去“发明”一个世界，最多是重新“发现”一个世界。这样，如何表现、如何表述就成为了诗人的本职工作。是诗人“把尘世拖进了单调的生死轮回中”。这样可以认定，每一首诗都指向了生命体本身——爱与清寂，亮光与阴影，“每一根涂满红色指甲油的手指都很孤单”。

明眸越女罢晨妆，荇水荷风是旧乡。这是后半夜悄无声息到来的一场大雪，是静默如谜的呼吸，是一个江南女性的栖真之地——

我们是卑微之物
而雪花是最终的果实
它诞生
向世间一切晦暗之物
索要光亮

2016年5月2日，改于雨中

目录

第二辑　栖真之地

第三辑　苍山上的雪如巨人脚踝的银器

第一辑

总是突如其来

事情可能在瞬间改变

1

被羊齿植物包围着的月亮
饱满而又危险

2

蚂蚁不可思议的小
不可思议的大
在一枚露珠面前　天空也一样

3

河滩边有一丛丛的篦麻
在那儿　阳光很好
鱼儿很肥
但抓不到

4

葬礼结束
玫瑰凋零
不是死，而是不再活着

5

温差把草原的白天和夜晚
分成两部分
像一只鞋底从旧鞋上脱落了下来

6

几分钟后，月亮升起
仿佛巨兽交出了它刚吞下的一切

一切有把握的事件都显得那么愚蠢

撞上了一只深色的蝴蝶

1

有运水果的卡车从山下经过
快速地冲过正午淡紫色的热气

两公里外
它们撞上了一只深色的蝴蝶
或者是它撞上了它们
它们挤着尖叫　　一致认为
蝴蝶的连衣裙让它看上去很愚蠢

2

果实充满了秘密
它想写信给獾
花朵
和蜥蜴
写信给它们的一部分
它们的脚　头发　或者心脏

3

一只乌鸦偷了一些在它嘴里起泡沫的水果
开始乞求一枚过熟的雪桃

因为它即将从树上掉下来
将地面弄成一团糟

4

看着月亮消失在云层里
番石榴对孩子们说
睡觉时使用的灯
不是醒着时使用的灯

5

成熟的果子老鼠般啮入大地忧伤的仓库
多像一个鲜活的饵
无比甜蜜的诱惑
有一段似乎是永恒的时间
（但其实没有超过五天）

关于死亡和比死亡更坏的事

1

深红色的蝴蝶在空中交尾
过路人对此动力学赞美不已
半透明的蜥蜴从梦中惊起
像被钉在一幅画上

2

树上的旧疤痕
有祖先发出的纸质的耳语
——那是树的血　有甜味

微风中即将凋谢的玫瑰的味道
隐藏在缓慢的死亡之下

3

关于死亡和比死亡更坏的事
能说些什么
我只能说事后许久
他们仍紧紧相拥
他们一度打破爱的律法
重新规定了谁应该被爱

如何爱

4

就像许多人一次只能做一件事
如果吻，就不能说话
如果爱，就不能背叛
如果说话
就不能倾听
还会遇到什么恶劣的事情
除了离开

5

爱情中只有一样东西是最重要的
——只能向对方要求的那样东西

6

人类有下意识的冲动
总想毁灭自己征服不了的东西

7

她头上有一千支玫瑰
开得像倒塌的王宫
清晨的热力又充满了对更坏之事即将发生的期待

西伯利亚的红嘴鸥突然闯入天空

1

一只乌鸦栖息在冬天之上
黑压压的叫声布下了阴影
与过完十一月还无法埋葬的东西
悄悄结缡

2

北风带着它的镰刀
砍下白日的大头颅
与黄昏分享了绝望的美

3

西伯利亚的红嘴鸥突然闯入天空
刻下深槽
十二月的大风中
每栋房子都摇摇欲坠
想象崩塌于最荒凉处

4

坏天气是一种诅咒

比贫穷狭隘
比愚蠢徒劳
像赝品

有什么东西超越着我们

1

秋天窘迫的呼吸
它又急促又悲哀
每一枚果实都有一个疲惫的尽头
如黑夜让一切安静下来

2

它是精致的
有残忍的和弦
从赤裸的天空落下
仿佛被惹怒的猎人在追赶猎物
直到愤怒的焰火把自己灼伤

3

如其所是——
一定有什么东西超越着我们
它宽阔的翅膀向风向雪展开
提前抵达季风的边缘

闪电及其他

1

有利剑插入了峡谷
剑柄突兀
还有什么能快过八月的闪电
但一只鹰停在了上面
它被邀请来考察如何拓宽虚空的疆域

2

我躺在钟形的花朵里
蜜蜂在哪里吸花蜜
我就在哪里
大自然啊!
昼夜交替不知疲倦
这伟大的魔法师分明已经黔驴技穷

3

我将画出令自己满意的肖像画
在我年老的时候
像认识自身一样

而现在我看到光在简化着一切

它有高山积雪的耐心
它擅长构图
并富于秩序
它照见愚蠢的自信
仿佛窥见一切的粗鄙卑劣

七月是完美的

1

七月的天空灿烂
昆虫在花冠里热切地微颤

你枕着我的长发
如睡在缠结的葡萄藤上

果荚正在裂开
聪明而害羞的鸟在一旁等待

2

不过，那些不是重点
我主要是发现了你年轻紧致
的皮肤
它的色调
它温柔的拘谨
它湿漉漉时的光滑闪亮

这些还不是全部

3

我们的许多不说话的古铜色的静

像多兰的诗行流淌
通达每一节指骨
或者整晚说话　用牙齿　用舌头
用唇印
用瑞香般柔和的尖叫
和甜蜜的死亡

某种将要到来又要离开的东西
在一朵花的中央
实现无穷无尽

始终有事物碰撞的动乱

1

一只会跑的动物
盯着自己的足迹
从微亮的大马路
突然转入暗深处

2

你并非总是开心
有时候忧郁地把自己与世界一分为二

3

你身体里有一个强大的地方
整个夏天始终有事物碰撞的动乱
来自光阴的叠句和韵脚
来自在夜里长草的月亮和受赞美的双唇

4

体内如此炽热
曾让一段猫尾草尖梢有云母般的眩光
并且敏锐

借助此可以观察世界
白昼与黑夜　风与静
更多的云与细节
愉悦之上的愉悦
一切之和的外延

或者只是一双略带哀伤的眼睛
倾巢出枯萎的天气

12 月 27 日后半夜的一场大雪

1

你把我从梦中唤醒
凌晨三点
雪花和你都是降临者，来自永恒

2

存在有何意义
在我们面前，这些存在
都是未来
湖，老柳树，石栏杆和雪花

3

我们是卑微之物
而雪花是最终的果实
它诞生
向世间一切晦暗之物
索要光亮

4

清凉的微光中

寂静在神性的花蕊中颤栗
每一朵雪花的死都滋养着我们

5

雪从自身涌出
径自进入敞开者
如同爱

6

向着僻静　贫瘠的草丛
它们互相触及
隐忍节制的那部分
并尝试
与一切伟大之物分道扬镳

雪落在午夜的后海

1

湖已经把秘密呈现
在荷花枯萎的细茎上
一只鸟也没有

2

当它们模仿死亡
没有重量的死亡
又由于寂静无声而显得悲哀沉重

3

如此强力的纠缠与深入
以至于任何一种爱都会败北

4

凋零的
不只是那些衰落而无力的
此中有不易觉察的东西
仿佛朝神
它的虔诚是有所指向的

一些前所未有空前迫切的情绪
在占据心房

给予吧，或者放弃

5

世间最纯粹者
一小会儿工夫
就把尘世拖进了单调的生死轮回中

6

有天赋的存在者
用死亡将死亡废除

7

它在我们唇齿之间融化
比清晨更澄澈的爱
我们无能为力的事物
也可以有明亮的光辉

我供奉这清寂

1

有雪花斜向人间
橙色的路灯让人怀旧
一段时光在怀念另一段时光

2

散落在血液的盐和黑夜的白光
来一场冒险吧
在这十二月
在迅猛的春天动身之前

3

午夜　凶悍的月亮
淹死在我们未曾品尝过的美酒里

4

一场永不会融化的雪
如果我们一直相爱

5

它渺如尘土
它吞下了世间一切庞然大物

6

尘世如花瓣飘零后的花萼
雪花填满了它的虚空

感到空旷的人
也感到圆全
我供奉　这清寂

在抚仙湖

1

你来这之前
马匹的脖子必系黄铜的铃铛
太阳独一无二
并不代表火焰与精神

饰物和徽章无意义
蓝响亮　　如一场庆典
每个人的衣褶间有尚未出生的世界
所有的宽广都可疑

2

光亮在湖面上铺开
如火焰
我们在卧榻之上
数对岸七个山头

无数的红嘴鸥贴近水面飞翔
深入温顺而柔软水中的长喙
像情色泛滥的插曲

3

只有你是唯一的
向晚的薰衣草呼喊着绽开
日头在给它们上釉
再过几分钟
它会像大鸟下的蛋
落入孵巢
噢　抚仙湖
像一块画布
被鸟儿攥紧而皱在那儿

4

这些日子　无所事事
就让刺莓果自己在草丛中成熟
让死像豆荚一样在阳光下爆裂
让太阳松开无尽的光芒

林子里有古老的稠密　蜜一样的水

5

十二月是储藏的季节
月亮变肥
黑夜为肌肤松绑

喝酒吧　纯粹的烈酒
再把炉火烧旺
烧成爱情的模样

6

每一次醒来都躺在新的表面上
我们用翅膀说话
草原中央的猎豹
血红色的爪子伸入清亮的溪水中
精疲力竭的花朵开在岩石的胸膛

如月亮般蜜色的胸膛上
许多个晴朗的夜晚
那儿会落满了晶亮的雨滴

在抚仙湖续

1

一个不够严肃的人谈论严肃的事
教义在伸手可及的地方
夜色中行走极具仪式感
有无数条路通往湖边的木栈道

2

一切奔跑，飞翔，浮游与爬行之物
都视野开阔
湖在天边拐弯
我们曾信步而走

3

灶膛里的火日日相续
一切热情的创造
爱你胜过火焰的光芒
它限定我的世界

4

在道晚安之后

我用双唇在黑暗里捕获你
每颗星星都像陷在蛛网中
瞳孔深入大地的轴心

欢宴的轴心
有不黩武的劳作
门口的铜兽
溢满了月光

晚 餐

你在一张棕黄的卡片上画一条鱼
鱼倒影在一杯红酒的波纹里
你裸露的手臂擦着桌子的木纹沙沙作响

我桌上的刀叉　涂了金的词语和时间
都是无用之物

十月的剧情

只有一件事物是真实的
她的骑士裸身骑行
沿着午夜的形体
树液滴在阴影里

除非我们信任一只猫
和所有尖峰的战栗
企及那无可企及的
被调和的水和火
死与不死
用一万顷森林将她总结

过冬

在被簇拥的天色之上
我频繁地遇见你
清亮亮的月亮飘过我们头顶

偶尔失眠的夜　你身子暖
像红嘴鸟用长喙插入河流
唉
如利剑一样挑开
一枚果实
一座坟墓
一种致命的酒

那是多汁的夏天
我一定要死去两次
时间才流淌着祖母绿般的光泽

画中明与暗的部分

一个不可靠的季节
夜里　有火包围着我

用不了多久
我就会回忆起这一切
那破晓时分
那十二月的雪
那彻夜不眠的长夜
等着那亲爱的人

我将把房间用火烤热
让陈年的松枝散发着甜味

第二辑

栖真之地

栖真之地

1

全等于零

当鹅卵石上的鸟飞起
纯净只是寻常的事物
纯净的事物有完美的弧线
明亮的风吹进了灌木丛

如同破晓
我们一直待在此地
黄昏犹如盛宴高潮
此中有祭坛一样的宁静

在遥远的地平线
光在杨树喧哗的叶片之间睡觉
响亮地睡觉
当风与风接踵而至
十一月的树木将光着身子
布下无物之阵

不用再写短句
一个短句是另一个短句的弥撒
缺席和丧失都将是仁慈的

2

乙未初冬
植物仍然强壮而令人愉悦
怀了孕的女人如月亮垂下
如器物上上好的釉彩

村庄入口在东边
太阳每天把村庄占领一遍
被占领是件体面的事
植物和人都欣欣向荣
偶有不知名的孤寂
看得见叶梗暗的部分
记得起雪如何亮而白
明白河滩边的牵牛花为何开得正野

3

山坡上有一种金黄
富足而温暖
我们一直想要的东西
它一下子就能全部给予

大地正在受孕
它庄严的玫瑰色骨肉和血液
胜过一切恩典

不必再谈论严肃的事情
在紫色的森林边上
有我们温暖的巢穴

巢穴里有陈酒和五月的花香
祖母的头巾印着金黄的太阳
我们像小兽
在迷人的夜晚分娩

4

狗在吠
篱笆上的蜘蛛小心翼翼地
吃尽露水

美如此耐心
让人想起雨后的蜗牛和有毒的果实

凤仙花徒劳
长在酒坛上
四月的佛手五月的石榴六月的荷塘很拥挤

亲爱的马铃薯花
还是与我们说说大海吧

幽居之歌

1

有时候我陷入灰色的软垫中
与窗台一只不知名的鸟
说同一种语言
并长出翅膀
把三英里外的古堡石墙和
曲曲折折的海岸线抚摸遍

2

许多事物不会死亡只会更替
海滩上有吉普车来来回回的车辙
在时间的棋盘上
移动带来损失

3

蛱蝶尚未归来
昨夜一场大雨将它撂倒
而我们一无所知

4

寂静来自更深的寂静
爱经年潜藏在影子的下面
已经鲜为人知

即使这么远了

1

她砂石色的肌肤、面庞
和手臂都一尘不染
每当鸽哨从远处传来
她的手就会伸向荆棘丛
一双没有被枝条、刺茬或者岩石划过的双手
去抚摸被露珠打湿的初夏
像抚摸恋人的初次来信一样

2

无法不去注意她的美
她初生的额的光洁
眼睛里光辉的清澈
她不会突然离去就像她从未真正到来
只有她的唇给人熟透的感觉
仿佛来自一座隐密的花园

3

沙滩上铺满了死鱼
她的脚下有一条鲭鱼
悲伤肿胀的眼睛回望着大海

死亡几乎难以觉察
如果她像往常一样
只是在靠窗的书桌前
看清晨从大海深处醒来

4

她跨过一棵倒地的树
踩着又湿又滑的叶子
远处是高大灰色建筑物的墙体
透过半凌乱的秋天
是整个早晨飞来飞去的蝗虫
并发觉漫长而苦寂的缺席并没有多少确定性

九月，铺一张床吧

1

睡进一张长榻的花影里
整个晚上我看着你的胡子生长
一直刺破月亮薄而清透的表皮
金色的微光四溢

2

如果我有一本东巴纸的册页
我将把它赠送给你
像一个裸体的女子把自己呈给夜晚
最完美的氛围

3

油布一样的天空
虚无谵妄
如同活着
我就住在十二月
光线暗淡
门前的狗在抚弄三尺高的太阳

4

而有时候天空很蓝
一种忧伤和一种愉悦同时在占有它
你把壶中的陈年普洱倒入空杯
我仿佛已经抵达了想象的尽头

5

寒鸦飞到塔尖时
爱与不爱都将是慈悲
铺一张床吧
可以看到海
看到云中路
可以不间断地活在过去与将来的世纪
辨识独一无二的事物和
无关时间的新鲜与古老

6

九月，我们去屋顶捕最初的太阳
你说出的每个音节都触摸了敏感之处

昆弥川的卵石啊
它们的尖叫已经传到很远的地方
我们舍弃了这个季节的花朵和果实
只与一切尘埃联系

蜜色的肌肤

1

她所知道的整个生动的人生
是在两个小时之前开始的
就在她开车从瑞海公路到他家楼下
他把门打开那么久

2

两小时后
他们躺在了一起
在黑暗中醒着
安静而空虚
他们不老　也不年轻
一个可以活着也可以死去的年龄

3

他溺死在她的身体里
正要去觅食的麻雀
正要回家的工蜂
正在盛开的白色花朵
风中吐露的玫瑰的味道
忧伤的四月和飘荡的白色音乐

这一切都消失了

4

在此之间她想停留在半空中
像枚月亮
永不成熟　永不坠落

5

她是迷人的
他爱上她身上的光和阴影
他曾透过有横栏的车窗亲吻她的手
每一根涂满红色指甲油的手指都很孤单

6

每当他一想起那些暧昧之事
就变得笨拙迟缓
漫长的午后像早餐桌上的吐司被切成了精巧的薄片

7

他蜜色的肌肤上有半月形的牙印
她让他渺小的井井有条的生命进入巴洛克式的疯狂
一些愉快的事情鲜亮而活生生
像正值盛产季节的水果
像每一季都盛产的水果

小 兽

1

它让它长出角
成为纯净的小兽
所有孤独的人都在倾听
世间最微小的暗示

2

在五月的阴凉中
我们不必再去理解生活
请弃置我
把我丢在大路旁

3

风，你停下吧
不要再去抚摸苍山的雪线
近旁就有一条小路
穿过大泽它可以通向远方
你说说
你为何还要像牧师布道般不知疲倦

上弦月下

1

熟透的果子掉了下来
如帝王退位
风是前朝的遗老
在枝椏间乱窜

2

一只野兔被追赶啮咬
大而圆的月亮为此向晦暗处鞠躬

3

长喙的大鸟
有好的睡眠
明亮的水果
富有光泽的羽毛
仿佛周遭都知道一样

4

夏天是土著
眼瞅着秋天来收走它的果实

5

那些时候
我们总是不会太在意一切的变化
好像世界就是想象出来的
想象中的松果
想象中的流云
想象中的别离
想象中的死亡与老去

6

月亮在最古老的弦上拨出
一个又一个新鲜的夜

绝不会被认错的路径

1

新秋的枯叶盖住了旧年的飘雪
多么孤寂的大自然啊

2

多想看看腐朽的力量
它一次次窃取生命又突出了它

3

我们将于当天下午返回
伟大的生存啊
之前我们总是栖身于泪滴与疤痕之间
感到孤独与被抛弃

这个世界不会被怀念的东西

1

一株爬藤植物偷偷地在一辆废弃的卡车
反光镜中看了自己一眼

驾驶座上有一只死去的蝴蝶
是日夜与自己嬉戏的那一只
现在它四脚朝天
像往常丌的一个玩笑

2

一个瞎眼的老人
坐在树冠的阴影里
像一片季风远去时留下的叶子

3

他被埋在地下，一片苜蓿地里
二十年前他向塘里丢小块的石头
溅起水花如雨
他曾许诺爱情　理想和
这个世界不会被怀念的东西

炊烟是一只鸟被迫离开了森林

1

炊烟是村庄赤裸的口腹之欲
在它们升入天空之前
尚未干透的松木纹理
嗞嗞地烤着十二个月的雨水和雾气

看着它们死亡　重生
尘埃落定
看着它们创造了许多忧伤和怀乡病
譬如母亲的乳房
而人类是在她胸口打盹的孩子

2

最高的统治者
生活在风的领地
有着巫师一样的魔咒
新鲜的枝桠在火中交媾

灶膛里有一座又一座的森林
正模仿太阳写下太阳史

3

炊烟是一只鸟被迫离开了森林

4

我们身体里住着一群难民
他们乞求粮食和火

它像一朵白色的云
轻易地让出了城池
与无限接近的太阳　并肩而行

一个湛蓝色的下午

1

一下午见不到一个人影
在湖边　　除了风
猛烈的风
把牵牛花和野酸枣吹得凌乱

我们是大地遗落的收成
被鸟儿衔来此地　落地生根

2

云朵垂挂在一排排的树上
像纺车上的亚麻布
披上它
可以在喧嚣的地方听见寂静的声音
可以从深蓝的海水瓦蓝的天空出走
可以全心全意地去爱
爱你的冲动与疤痕
爱你的善良和坏脾气
爱你不断从脸颊滑落的泪水

3

到处是隐藏的美

美比我们还潮湿
我们深陷在草垫的椅子里
看着自己走到心爱的人面前
吻她光亮的额头与饱满的唇
吻她自由的心和暗藏的悲伤
吻她多汁的甜蜜和一去不返的光阴

4

一切适得其所
信任与钟爱
那合万物为一的自由
那看不见的力量与无限扩张的疆域
旧时的　现时的
那些沉思或者疏忽的细节
愉快的　祥和的
使万物生机勃勃的脉搏
而我在你的身边
通过一个梦境完成一生一次的倾诉

5

时间是个大磨盘
慷慨的太阳被碾成了月亮
一些故人的面庞被点亮
在树林里
锋利的斧头砍出一片纯净的天空

晴空下只与诗人相爱
他土生土长精力旺盛
与寻常的事物从不沾边

猫的世界

1

帐幔极轻柔　而且透明
她乱发　没有衣物
也没有遮掩
仿佛有一种神圣的权利
可以这样不顾羞耻又如此心安理得

2

不像狗或者蚂蚁那样有首领
午后　慵懒
井然秩序一文不值
身子陷在软垫的圆椅中
一只棕色斑纹的猫在睡午觉

3

它的精神会依附到各种物体上
有时它硕大的脸就贴在窗玻璃上
危险又神秘

有时它会突然消失几天
从一个世界穿梭到另一个世界

去追逐消逝的事物

4

看白头的雪和红嘴的鸥鸟
星子很近
海一如既往的蓝
愉悦的声音到处都有
路人亲切又清晰

一场电影

一只更小的蜗牛在更小的细节里
做意味深长的梦
看经年的生活如何反刍伟大的理想
并细嗅它的疯狂与神秘

古老的瓦解

每季都有许多观光客
穿着泳衣啜饮鲜甜的果汁
演出很快开始又很快结束
观光客无法长时间专注于他们的表演
三个小时的《诵经调》被砍成十分钟的精彩小品

十分钟里恋爱中的男女在台下相互涂着防晒油
隔壁的厨子愉快地切姜和蒜
杀小型的哺乳动物
将肉切成小方块在沸水氽
昆弥川的乳房哺育着檐角轻佻的老房子
三十里湖的鱼被刮去鱼鳞
一甲子的人全都剖腹取肠

布谷鸟依然在叫的村庄

1

大地已被肃清
粮食很少
蜘蛛在椽子和破瓦间结网
人类的盲睛挂在那里
皮和骨肉的衰老譬如
孤独的晒场
白日徒劳地悬挂在村庄上空
宽广而难以阅读

2

他们存在夜的魔法中
在长者的体内咀嚼
在年轻而光滑的腹部滑动
黎明前留下挠痕
鸟儿已早早鸣啭在枝头
一个凭借意志就能统治光芒四射世界的美好典范
意志无处不在
意志像狗守护着村庄
离开的人正在给予
此时深睡最好
玫瑰正三三两两有心机地燃烧在体内

最宁静的地方生长芒刺

3

空气里满是剧场
孩子　　雪　　树木纷纷倒下
孤独无意义
粗布的蓝如静穆大地

风不来
太阳被困在天空中央
整个下午
如黄昏
如同一种抽象
这墓气森森的堂屋
这些年
离去的人总是多于回来的人

4

一个较短的时间里发生的事情
总是更容易被记住
短暂的分别
雪下得如何细致而如碎片
后来是雷霆
再后来红色的芽鞘成了整个夏天
茂盛到荒芜

青年变老
果子熟透先是桃子后来是石榴
再后来事物的形状和芳香已不再重要
墓地似蜂巢
看得见的静四处呼应
山峦般起伏

5

他们曾如此贫穷
转动的磨盘有银质的光泽
有序与无序
生与死
持续的冷和无聊

多么确定啊
以无名之辈两手空空
仍留守村庄的人
身体藏在困兽之躯
有时候
又伸展至夜的四角边缘

6

鸟群已经决定放弃此地
有两只野鸭子游至远处

声音在田塍上疯传
每个季节都有破坏能力
缓慢落下的太阳听闻他将失去
这一切
狭窄的村道
破败的门楣
干涸的河床
还有乏味的爱和抱怨叹息
正从他陈腐的
昏睡的老屋里衰落成谜

7

光让事物极简
它合万物为一
它在一朵花上露出了它的信任之光
它掌控世界如掌控一件法器
先露出死亡的气息
再占领世袭的领地
庄稼汉被催促成离乡背井的人
远方有恣肆的汪洋
过去野性而阳光普照的日子
频频示好
永恒的土地正哀悼一位老人

练习吹哨吧

1

孤寂中的小号
静里的回响

他下山　在夕阳之上行走
旧外套裹着晚霞
哔啾　哔啾　哔啾——有光在暗里穿行
早年的春天与爱恋在暖风的内里
凭着哨音就能打开缺口

2

野果子在枝头生长
云在山谷
早晨湿润的芳香
必定是可见的

天空很蓝
墓碑简洁
死亡在大片倒伏的枯草之上
尊崇而体面

3

他吹着长号
怀着细碎的忧伤
忧伤泛着玫瑰的光泽
他的桌子上有一个杯子
一把锡壶
一只戴着皮帽的猴子
他和它们一同遭受训斥
一起流浪并心地善良
他本该被埋在故乡
可是贫穷把他带到了异乡
现在一些小小的地虫在噬他的骨肉
风又在夜里捕捉他细细瘦瘦的长号

4

世界在火里
火在花的蓓蕾里
内心凄苦的人反对节日
在节日里
春天很耀眼
石头像面包一样柔弱
填满四角的宽广
草长得茂盛
猫皮毛上的光温暖而强大
每一截枯枝上都有一段特别欢愉的时光
许多人的巢穴就建在那儿

不谈衰老

1

黄昏正砌四面的墙
让它高过篱笆

大多数时候我在炉上烤薄饼
十二月
黎明前
在一棵老柳树附近的村庄里

我烤薄饼　直至两面萎黄

2

低矮的灌木丛里一共有两只蟋蟀
现在有一只死了
它消失得不留一点儿踪迹

我浪费这些已难以给我勇气的日子
除了为输掉那场愚蠢的比赛而后悔

3

想着有一天能够找到通往远方的道路

现在屏息凝神
夏日一抱的丁香和受赞美的韵脚
很长时间无人注视的天空和白云
贴近草药的香味

脸颊贴着被太阳烤热的木门
母亲背着幺儿出门干活
回头问我是否跟去

光不用太多

1

白煤灯动荡不安
燧石从高空坠落
嗡嗡燃烧

灶膛的火可以洗涤身体
万物只见轮廓而不清晰

灯心草活过一些庞然大物
无足轻重的事物能躲暴风雨

光也不用太多
能照亮爱我们的人
就足够

2

骡子为奴
长着马一样的心脏

许多人在冬天离去
不再回来

油布一样的天空
虚无谵妄　如同活着

3

尘土灰色而狂野
绝不取悦无关的人
大山深处的黑森林
只供不服从的动物进进出出

土壤里从来不缺种子

1

有成熟的果荚在风中碰撞
爆裂的声响犹如枪击发声

陆地蟹顺着长长的甬道
来到巨兽的肌肤表面
食用果实

直到变得肥滚溜圆
直到无法钻进原来的洞穴

2

每每行人舍弃旧路走捷径
原先裸露的土地旋即为幼丛覆盖
土壤里从来不缺种子

3

人们常常谈到
一棵巨大的加利福尼亚红杉
一车装满橡木桶红酒的卡车
一架喷气式运输机

或者一头公牛
一场盛典
一位诗人和
他的一顿并不丰盛的晚餐
没有人会留意到一枚种子

它卑微而渺小
在所有事物的中央

4

叶片给刈草机
种子给土地
大自然总是运筹帷幄

精神病学

大多数患者
活在恐怖之下且非常迷信
坚信换一个灯泡需要八个心理医生

酿春

大雨

云团翻卷　与青山对峙
喜鹊有很久没有出来了　在山中
它们的身影很小
越小的东西　阴影也小
雨点正在毁掉许多东西
野果接二连三从枝头掉落
滚下山坡

爱情

爱情的绝大部分
像土拔鼠的洞穴
里面挤满金黄的毛发
毛发闪着太阳的光泽

温暖又呆傻的群居动物
用臆想养活春天
春天的雨拿长勺子浇花
浮枝煮沸了河流

露骨的山脉顺着星光的指点
一波波地失眠

大雪落下

曾试图飞向炉火
飞向江南
艳若桃花
火中有辜负的良辰吉日
而现在我是时间的残骸
骨质奇轻
只偏爱荒原
高山之巅
年代无考的墓碑
只爱世界深幽的黑瞳
寂寞的灰烬

野人

雨在山中注满了水
他小心翼翼
身上的银饰是一小块积云的赏赐
饥饿和饱食构成时间的主要成分
世界真的很小
一点点失误就能毁了他

譬如一株毒草
一枚刺入脚掌的锈钉
譬如天气渐暖
响尾蛇的尾巴带来八百里伏牛的
喧响

三场好酒

1

请先于繁花春深之前
请先于太阳走下天空之前
请先于薄荷的清凉告诉我

此地甚好
微醺
流水济世

2

再也无法和黑暗融为一体
我体内有火
眼里有光芒
恰爱情有玫瑰花
马厩里有千里马
我爱你
让粮食一寸寸在草芥之间
复苏　生长
回到春天

3

圆圆的酒坛置于荒野
一只鸟停在上面
它君临天下

醉中小令

1

如果这是一团火
如果好东西都埋在了地下
如果有些酒量
我们饮尽
城里数不清的酒馆
数不清的酒
数不清的时令
试图在春夜
裹挟一阵温暖的风
活在杂草里
末日。纷纷抵达
戏里的穷途
今夜　大雪扑下来
想死的心
高于事实　高于不朽
高于一场酣醉的睡眠

2

凭空的酒
替我想到了许多的事

灵魂会像报春花一样复活
别担心
彻骨的寒冷　在屋外
我在火中写诗
目睹
低垂的时光弯向江南
有草本植物一样的
繁茂
每当我在阴影下活着
每当我在浮世的疲倦里悲喜
就会看见你干净的美——
落进夜的荒凉里
喂肥绝望的命运
和长夜无尽

3

最好的一定会到来
无非迟些
在一些个足不出户的日子里
有种子的胚芽长出了尖刺
太阳在芒刺之上
白昼到了尽头
夜和一些比夜更深的东西
要乘流水而下
启拓封疆

4

阳光像一场革命
赞美最接近美德

倘若兵临城下
就饮酒　醉里拔剑
永世的英雄
可以跌落至尘埃里
以确信这亲历的历史没有被误读
以确信今世没有误读那一世的悲情

5

醉了
说很多话
身体与情感密谋造反
一小簇思想生长着
灵魂暂时可见
但有一些不安
在启迪与争辩之间
记录细密的差异与刻度
对生疏的词义和修辞进行注解
在世俗的层面上
抵达不可能企及的意义

6

比石桥更冷的是月光
它卸下三重温暖　鸟叫　狗吠
母亲的唠叨
大地如沼泽
太阳深陷其中
如重轭在背
心荒芜如隆冬

十二月的霜
一月的雪
灶膛里郁郁的小火
背负了一座城的虚空
和三百里旷野的残响

7

一条河　浮在幽暗里
成了城市的腰身
流经十三省的江
在城外迂回　呼吸
酿造者与炉火一夜彻谈
酒和诗毁誉参半
诗是酒中曲　得琼浆
而生存繁殖

酒是诗的佩剑
指点江山落草为寇　只月下
几艘偏瘦的小船
泊在斗转星移的虚空里

一江春水

1

上了年纪的宅子
深谙美学之道
早散了侯门的宴席
不再嫌贫爱富
许蜘蛛在梁上结网
像年轮一样
网住由远而近的梆声
夜已深
狗尾巴草在中庭戏弄月亮

屋外，一江春水搅动无序的微尘
屋内，一壶酒败坏生活的好名声
世界很大　栖息在我的江南
江南无非一盏琥珀色的液体

2

既醉且退
正如无尽的爱
可以退至天荒地老
三生漫漶的韬晦

蒙尘的静

自然随我隐现
夜正筛着潸然的暖雨
不睡　　自沉江底
死无非出生于明天

3

划开青灰色的蒿草
寻一枚太阳
滩涂与山水之间已落满黄金
骑马和不骑马的书生都经过这儿

酒是花开菩提
最完美的触摸
这杯酒与下一杯之间
从来都活着一段新生活

4

必定是悠长的
死亡　纯且美
但人类会用几十年的时间
去种植梦想　去追赶飞鸟
祈求五谷丰登
并把稻米堆满谷仓

看胚芽在田里土生土长
长满生的乐趣
再也不能碰到更好的
也不想再有更好的去处
躬身　下种　细心地培土
喝一点点小酒　种一个明澈的江南

第三辑

苍山上的雪
如巨人脚踝的银器

我的马背上的蓝

1. 物换星移

嗨，居住在这儿吧
日头啊
重现紫铜色的光

闲散的体内
苍山有着紫丁香一样的光芒
男人像精疲力竭的孩子
在书中沉沉睡去
风把火苗不停地拍打
镶边于深蓝中的山脉
几乎瞥见了
我们为何而生

山坡上
浓密而蓬乱的草丛中
一轮圆月突突奔袭而来
我们不再躲藏
就在此时此地把自己物换星移

2. 雨天

假如是灰暗的雨天
下关的风会锯开大而笨拙的原木
看苍山如宽幕电影
看花园里灌满泥浆
看远远近近拘谨的道路
在静寂中走动，各自忠贞
身体犹如恰当的词语
散落在夜的深处
语言的极限与世界的极限毗邻而居

3. 合欢花

首先我爱你　　言说有局限
落在砧板上的油桃
分切成两瓣弦月
我们总是轻易读到彼此肌肤的暖

有月亮的夜晚
这里所有的房子都敞开
并且没有主人

黄昏
青铜的大澡盆

前来洗浴的人都是情侣
在开满合欢花的枝头
我们做着非常想做的事

4. 到处都是你

不远处有蓝灰的湖
长发的你到处都是
《奥义书》上说，一片蓝天胜过一切
我也这样认为
我的马背上的蓝
我驮着它从苍山而下
走上宽阔的迁徙之途
偶尔栖息于倾斜的雨点之上
颤栗于花朵的原始与新绿的火焰之侧

5. 画作

交谈吗?
这里的一切因我们而栩栩如生
但我只想有一块亚麻纤维的画布
画出荒原如佛陀
人世如荒原上细茎的草
画出佛陀藏于它的心

6. 做好一件事

后山的山坡不一定陡峭
每天有一大堆云爬上来
并探出身子
露台的灯是被星星点亮的
花园的也是

书中有许多杜撰的情节
所有深刻的东西都与时间有关
有春天的花朵开在十八世纪的墓碑上
太阳每天从东到西大跨越
它只做好一件事
让一切事情看上去不那么艰难

7. 像谈论爱一样

我们谈论死亡吧
像谈论爱一样
这是十月的一天
我们吃甜瓜吃刺莓果
注意到蝴蝶身上有暗淡的金色
珍珠鸟的羽毛闪烁着光芒

我们彼此温存
想象尖叫声中的死亡

无穷的黑夜接替白昼
落日走进了最温暖的一块石头
世界长满了浅黄色的苔藓

8. 精灵

数天，数月，数年
该如何记录我们的爱情
一只精灵住进了一片果园
爱的甜汁
让它无遮无蔽

9. 秋

火焰与火焰焦灼
夜与夜接驳
天荒地老在采撷我们

一个渗透所有季节的季节将我们抛撒
爱情写成太阳之书，玫瑰是它的注脚

洱海之夜

1. 不朽的酒杯

我们沿着湖边走
鹁鸪从一缕薄雾中飞起
秋季漫长

我看到了一条路的静寂
我看到了返回云中的雨
我看到十月不朽的酒杯
盛满金色的琼浆
晚风在擦拭铜器
黄昏巍峨如庙宇
我们似两片树叶在风中摩擦
又喧闹又安静

2. 荒凉之城

整个晚上我都在惧怕星星
它在一棵小山毛榉头顶　　静静伫立
万物在它的召唤下驶入
荒凉的城

3. 紫色

果子把胡须染成紫色
群山被落日清洗
一个男人和一个女人在亲吻
嘴唇是万物愉悦的支点

4. 谷仓

湖边有一座高大的谷仓
里面堆放着从西边运来的木材
野鸭每天早上挣脱这苍穹之笼
去赴一场征战
羽毛发出丝绸样的声响
它看苍山上的雪如巨人脚踝的银器

5. 我所记得的

有一种蓝栖息在花冠之上
鼻子触到了最柔软的部分
或者大相径庭
缠结的葡萄藤上
雨水如黄金般的笑声
花园深处有四种鸟鸣

太阳每天偏航一点点
从不与人道别

6. 三行诗

在阳光下阅读
阅读枝头的花朵开在看上去皆有可能的
无限里
无限里有我们无法拥有的事物
它们栩栩如生
总是能够抵达任何地方

7. 熊月亮

我决心把夏天交出
让自己的颜色再淡一些
在枝头
把最甜蜜的一部分也交出
只留住长长的梦境

危险未曾抵达
炽热的太阳和整个下午的大风
还无关紧要
工蜂在花朵里蹭鼻子
根茎里的水分还有一个广阔而蔚蓝的湖

在无数个无聊的日子
我们做爱　亲吻
不用担心熊月亮爬上树
咔咔作响

8. 明亮的美好

或者躺在草滩上
高大的水杉笔直
秩序向阳的万物
肉体与正午的太阳亲近
说着明亮　明亮
明亮的美好

9. 音符

声音与声音缠绕
果实与果实生长
一旁聪明而害羞的鸟像个甜美的音符

只合江南老

1

说说 2500 年前的事吧
古越国那些比明月更遥远的事
在夜里滋养
永恒的苍穹茁萌出蓬勃的枝桠
今夜所有的入口都已沉寂
沧海桑田之事催促相爱的人
筑巢栖息
万物将息在如它所愿之深处

2

太阳悬在黄梅雨中
水已经甜而发稠
湿漉漉的青苔和空气中淡淡的花香
你的呼吸如轻羽般拂在耳畔
灰暗的日子开出细碎的花朵

3

满天乌云压紧着我们
如躯体之暖的雨脚纷乱如麻

你负责摧毁
灰烬中的烈焰可抵达天堂之高塔
我负责甜蜜
如浸润舌根的甜汁
流过花园的长蛇阵
一枚种子正投入到永劫的欢喜中

4

无数的灯盏如小道消息
月亮已被天空巨大的水洼给吞没
暴雨比泪水更猛
朦胧的夜空中有白色的马向北方奔驰
留在大地上的是蓝色发亮的悲伤星子

5

有时我们走在高大的梧桐树下
拥抱亲吻
周身葱茏
始觉日月星辰皆可栖息在我们的指尖

有时多么安静
就跪在慈悲的佛前
照亮一切的光芒

而有时候只需要阅读

仿佛整个春天
只需要一个动词和一个名词

6

梦中的骑士
正把你绑在风的巨翅下
穿越夜的森林
身体是两颗亮的星

水豆豉

发酵如一场酩酊大醉
肉体的愉悦
最柔软处最迷人
一朵玫瑰开在芬芳的唇齿间
要是你将它轻轻吮吸
胜过将爱情献给强烈的诗行

我们在岛上住下吧

1. 果子熟了

果子熟了
我把它们从枝头摘了下来
太阳是三明治上的西红柿
酿出了葡萄酒
一支深色的玫瑰
与大湖衣襟相触
火光炎炎

大鸟是撒在上面的黑胡椒
翅膀在击鼓　　万物灿烂
窗帘必须是黑色的
滋养万物的黑色
精灵也成熟智慧

2. 蓝

全部的酒都倾倒在这里了
繁花开在阳光下
有紫罗兰的颜色
永生的热爱

让我们蔚蓝如孩童

3. 静谧

这是长久的分离
如十月之外的荒原
孤独之后的静谧
静谧像一口深井
月亮会悄然去探望

4. 平常的清晨

工蜂在花床上
刺中最隐密的部分
你举杯高过七个山头
如落日轻而易举跨越了万千棵树木

安睡吧
穿着柔顺的睡衣
或者不穿
像一朵花开在平常的日子
一阵微风
两只蜜蜂
几滴露珠
纯净而甜蜜

5．不被理解的世界

整个大理城只有两条路
一条通向城外
一条通往古城
城里放映着摇曳生姿的老电影
主人公是朝圣者
带你来到永恒的面前

6．新月

纯蓝天空有一弯新月
万物复归于不被理解的世界

7．尘世的形相

花开如恩宠
开到时光静止的花朵
聪明的人双手合十
带着甜蜜的忧伤

尘世之尘来自最初的火和经年的燃烧

1

于这山这水
我们的一生譬如一次飞翔
或者根本看不见　仿佛
树的叶子
花的种子
任意抛撒

我们离开后很久
飞鸟走兽　在山中
水光与天色
在大地
寂静。不被打扰

2

与大自然别的东西在一起
我们是极微小的一部分

毗邻的森林和向阳坡地的气候最宜人
湖里的鱼开始吞噬细碎的光芒
我轻啄你裸露的肌肤

在原野最后一座草垛之上
梦中人有一颗强大的心脏

3

春天浑圆如花
生命的力从根须处迸发
红色舌尖上欢愉的液体
水是漫卷的鹅毛大雪融化的软

浓郁的天空燃烧着二月的生机
生机勃勃的太阳细分光芒
如春天的播撒
一切杂质和大欢喜带来温暖的养分

4

南风转动地轴
如羽毛般的轻盈
尘世之尘来自最初的火和经年的燃烧
爱情剪去荒凉
负责传译内心的字符

二月是古老的时分

1. 庞然大物

迈过苍山上的大雪花
仿佛威严来到我们中间
阴影正赋予
我们更明亮的一切
在洞穴中
有爱一样的东西
谈论永生和这之外的事物

2. 圣殇

雨在杂草上像蛇一样散开
发出嘶嘶的声响
日子肥硕
云的一角已触及了院子的栅栏
寂静如时光之箭
微毒
致命

3. 白色

正午的阳光迟钝

洁净的身体只穿亚麻布
死亡是白色的
白色是种马的颜色
它早上去湖边饮水
中午在石头的床上打盹

明亮的花园里
万物的阴影很小
白色一度拯救了世界
令它完整无缺

4. 三重鸟鸣

第一重鸟鸣自唇齿间发出
第二重鸟鸣拱于我们的头顶
如丰饶的蓝，来自果实之间
第三重鸟鸣来自我们自身
它从天空往大地投下长长的影子

5. 寒鸦的羽毛如此闪亮

从一棵树飞到另一棵树
翅膀上拴了七个寒冷的冬天
站在清瘦的西风之上

梦与醉

1

神秘的气息
奇妙的相遇
多么清凉的梦啊
一些印记与诱惑拂乱杂草树丛
肉体埋在了光亮深处

2

爱弄坏了我的听觉
这睡梦中的形体
词语也无法命名
一小簇火焰
连绵起伏的牧场与身体
满月下的奔跑不知疲倦
多么纯粹
只剩下原始的激荡

3

你的身体里有一轮丰饶的月亮
只在清晨时分它才埋入柔软的大泽

短暂地将我们形体悬于明亮的时辰
静止于完美

4

繁花打开又合上
你的脚趾伸入腹地
树也俯身亲近
多么美好的季节
世间的清澈之物与日月星辰交媾
在最温暖处受孕
即便乌云密布
也会有深红色的黑莓
奔向低垂的天边
与我们一样热爱宝石蓝的天空

5

梦偿还了被取走的火焰
玫瑰一样的火焰
如春天一样的甜蜜与愉悦
倒挂金钟的血色花朵里
我们能做些什么
爱
崭新如初次相遇

乙未秋

1. 时光

毫无疑问
大理城的阳光
有胜利的青铜的味道
扎染作坊
像列兵的队伍

疏离在我们想象之外
湛蓝色的天幕下
时光有不可逆悖的权威之气

2. 一下午

多年以后
我们会费力辨识这个模糊的下午
如欣赏一片绚烂的沼泽

3. 花窗

倘若有值得纪念的夜晚

会有喜乐的钟声如繁花
呢喃在木质纹理的深处
花窗上开始有了细小的裂痕
雕镂的大人物衣裳起了皱褶
让时间流逝吧
我们总会看到它带来了什么

4．转瞬而逝

艰辛且转瞬而逝
但即便如此
也不会再有另一个生命赋予我们

5．秋天之后

漆黑而深邃的山谷
尘世如几枚零钱
弃置在不被注意的角落
秋天过后
大地开始变得辽阔
死在枯草上的鸟有一张无辜的脸

6．香火

虫声繁密如落雨

浅口的香钵里插着上好的香火
过往的僧人
仿佛静里小睡
只有西风把寂静说与人听

7. 有时

有时大风从山顶传来笛声
如果天气晴朗的话
可以看到太阳盘旋在低空
雪在那儿飞舞

高原上的探戈

1

一月的傍晚
我们在湖边的雪地上走
思考着蓝色冰面下的太阳鱼已经游了多远

2

高原上的大鸟
像是穿过峡谷的月亮

3

工蜂总是比蝴蝶更早来到花园
苹果花在树上挂了一桶蜜

风把正午犁成了两半
一半日晒
一半阴凉

4

在结了籽的林子里

我们总是迷路
从夜晚交替到白日的进程是那样缓和
几乎无法察觉

5

傍晚时分
有雪花飘下
你愉悦的尖叫
如远处教堂的钟声
有寂静的内核

6

铜甲披挂的胜利者
缚住了过往的风
风亮出晃晃的金色

浅色的罂粟荚
骑着高头大马
马蹄声铛铛作响

酒碗中的陈词滥调

1. 与百花同饮

与枯萎的百花同饮
我是哑的　死的　有毒的

酒湿透而沉重
它在诱捕忧伤的人

看不见的水流无限循环
轻霜与浓云
新生和凋零
来自精神之外的云云

整夜喝酒
手掌从胳膊上取下
眼睛从眼睑中取出
脸颊与双唇各分开
躯干与四肢各一捆
如一场浓艳的绽放

2. 番石榴

守门人往口袋里装进一大个番石榴

他环顾了四周
其它的番石榴装作没看见

3. 过去多么年轻

酒吧里有个上了年纪的老人
有时候他会弹奏《秋日落叶》的法语歌
我坐在靠窗的角落
将音乐和内心分离成碎片
散布到过去的时光中去

4. 牌局

玩 21 点。十秒出一次牌
输掉整一个下午
他们认为一副好局
得有巴赫小夜曲的纯净与优美
还有柔和的性爱的甘露

5. 不朽地饮酒

风全身盔甲在奔跑
有时迅疾如闪电从天空划下
阳光不朽地饮酒

满脸酡红
大湖传杯给神祇
海草和海草缠在一起

万籁俱寂

1

十九座山峰穿过浓雾
栖息在桅杆上
上弦月射下一堆星星
落在了花园里

2

花园里的卵石像旧书页中词语
它荒在寂静的夜里
蝴蝶栖落在花蕊中
如句中修辞

3

风吹过森林、河滩
仿佛永恒的东西在路过万物
该如何进入
是我们的事情

4

成熟的果子从树上掉落

仿佛是一种跪拜仪式
不可言说的世界
轻轻触及了它最甘甜的部分

5

夜行的动物披着光的袍子
它们需要多么单纯
才不至于扰了夜的荒凉

6

黑夜已找不到遮蔽的衣裳
清晨的光如此眩目
仿佛无所不知
来到我们中央

7

在世界杜撰的大戏里
虔诚是要义
但只有寂静在君临一切造化

公园里空无一人

1. 狂喜的流放地

乌石塘的退潮声
响如雷鸣

这儿曾是狂喜的流放地
直到你来

我才细细考究——
没有船舶航行的海上
夜伸展得多么孤寂

2. 琥珀

公园里空无一人
看园人的门房空着

青色的卵石吱吱尖叫
一直斜入大海深处——
那乌云聚集的地方

两个忠诚的孩子坐在海滩边

他们身体洁净
心如琥珀

3. 金色的忧郁

无边的大海躺在鸢尾花丛
落日沉浸在
金色的忧郁里
猩红色的天空像一面战旗
正从合欢树的枝头降落
吁出了四野荒凉的气息

4. 最强壮的玫瑰

夜在兜售干草垫上的绿眉毛船
我们在船头亲吻　喝酒
伸手触摸七颗星星
世界纯净如孩童
他采撷了最强壮的玫瑰
来到我们的面前

5. 大海深不见底

白日难以抚慰它

朱红，紫色，青铜的光
那聚集着尘埃与悲伤的深处
黑暗中的神
是灵魂最近也最远的边界

日出时分有蔚蓝色的眼泪
留在草叶和卵石间
照见一阵不易觉察的凉风

6. 太阳的余烬

高耸的烟囱
像被太阳点燃的柴薪
各执己见
一朵木讷的云在艳阳下热得发昏
海上有闪亮的虚幻
飞驰的车胎轧着沥青路面
吸走了多余的叹息
如黄昏扑灭了太阳的余烬

7. 从大海深处爬上来

身体有着温和的光芒
甜瓜裂开如红酒木塞打开
我们坐在龙鳞之上

海浪如校阅场上的马匹
不停地嘶叫
乌石陆陆续续从大海深处爬上来

8. 十二瓣花瓣

月亮从云层中钻出来
惊起了树梢的鸟
长茅草的山顶
玉兰顶着白花花的花
地上十二瓣花瓣
重重压着旧年的枯草

9. 永恒的眼睛

月亮伸出脚趾挠大海的胳肢窝
大海在尖叫声中飞升
有了永恒的眼睛

神在细小的事物中

1

那穿着白色浴袍的女人
拂晓时躺在一簇激情的蕊上
花园里有玫瑰花瓣凋零
风把它紧紧地贴在象牙白的墙上

2

二月的夜　裹着半透明的绸缎
月亮肆无忌惮地望着它

3

在这里
神在细小的事物中
多子的植物和苍山的雪花总是更为美丽

4

秋天葡萄色的滚圆的果子
还在遥远的根蔓间
编长长的麻花辫

5

静静的船坞
宛如早春的花瓣飘在河里
它思念着美艳绝伦的人

6

去年的雪下得嘹亮而丰饶
此刻的静是它结的果实
一场深沉的睡眠
一种巨大的美
梦里你会摸到一枚珍珠的扣子
如果你需要就解开它

7

还有星星
那一小簇一小簇花儿
歪斜在二月的空枝梢
天地之间的威严
来自庞然大物的弯腰

8

往东，长满水草的岸边

有高高的山坡
二月的玉兰振翅欲飞
我们如两颗大行星
躺在深蓝的无垠中
与尘土结合，披着光芒的长袍

9

洱海裸露的身体上
太阳松开无尽的光芒
出于纯粹的爱
自由在自身的反光中加冕

10

清晨雾起的海滩与礁石之间
她画齐了七只海鸥
像从一场古老战争的硝烟中
救出奋力厮杀的兄弟

两只蟾蜍和一只布谷

1

稠密的夜里
它们站着睡觉
用长舌戏弄群星

它们打赤脚
发出呱呱的声音
模仿后山的布谷

它们相爱在泥淖
仿佛泥淖又到了开花的季节

2

布谷失声已经很久
羽毛蘸着落日之血
不耐烦的红
和扎眼的黄

它彻夜未眠
抚弄铁镣般葡萄藤
把泥淖般的天空翻了一遍又一遍

3

春天的脚步很缓
二月的大风把她拦在半山腰

4

十九座山峰和一个平静的湖
向寥廓而澄澈的天际绵延
我们有时欢喜，有时感伤

河蛮和浪人

1. 大太阳

喜洲正午的大太阳有猛烈的火焰
它擦亮了张铁匠屋外的那口铜壶
修补了他破碎的瓦房和倾斜屋顶
医治好了他的驼背
和白内障

谷物飞快生长
根茎举起了燧石
只有一只鸟在一棵树上
它吸吮着太阳的大乳房
勇敢而兴奋

2. 甜瓜

集市上有青色的甜瓜
在狂欢人的脚下
发出成熟后裂开的声音
流淌蜜汁如子嗣
它带着愉悦攻击吸吮的人
风笛　铙钹

单纯的嘴唇偷饮了欢宴上的烈酒

3. 喜洲

喜洲在我们对岸
用皮鞭驯服烈马
它召唤坏脾气的男人来征服山冈肆虐的狂风

善良的人们只待在阳光照耀的地方
诚实的土地布满种子
邻居家养了数不清的公鸡，公羊
和斧头砍不倒的三千亩森林

家里有上好的肉食
宫殿般的酒窖与粮仓
动物宴乐
植物繁殖
傲慢的蓝天与尘埃、沼泽联姻
身体里爱的印记和田里金黄的谷物
一年两次铺向天边的朝圣大路

4. 让世界变瘦的大风

成熟的果子跳了八大步离开
云朵开出了黑色的玫瑰

七十尺高的松树蠢得很
三尺长的芒草被世界压得很低
罂粟花要渡河
它樱桃色的裙子
只是暂时的
路过的人行动迟缓像必须经受的冬天

5. 未落下的雨

雨在大树的尖顶之上
雨在渐向下的微尘里
雨在路灯下镀了金的夜雾中耐受着一只鸟儿的鸣啾

6. 花朵之间

野紫罗兰层层叠叠睡在结了籽的草丛里
浓密的三月
一朵樱花与另一朵樱花之间
藏着一个巨大的太阳和一个灰蓝而寂寥的湖

7. 敞开的事物

花瓣往里闭合
叶子向外打开

这是黄昏
玫瑰黄的月亮是洱海的蕊

几枚枯叶直立行走
沿着发白的大路
大风踏着无能为力的波浪
像喜洲族里的长者
跪在大地上祈求五谷丰登

城如旧时小说

1

更多时间里
我把船上的粮食搬回仓库
把盐和丝绸运上大船
我也挨家挨户做伙计
学木匠雕龙　学漆匠描凤
我腌制火腿　熬桐油和柏油
我见钱庄的二掌柜
手就无处安放
我没有他细长的手指
那些个趁热打铁的夏天
太阳被随处嫁接
银票和账房是热浪的解释方式

近来　罂粟被连根拔起
鸦片被陆续收缴
无精打采的人进茶馆听戏
在船头喝酒
阴影在码头晃　而江是我唯一的命
我在这里寻找百种声音　上千色彩
成千上万个理想的可能
兰江没日没夜洗濯我

每当下雨　我就生病
大船已让小城怀孕
星星总是无畏的闪耀
远方总是明亮
水与火正无限结合　盛世绽放

2

荷塘沿 31 号
建筑之死　妙不可言
房子几易其主
后来租给了唱戏的
戏班子属四旧之列
祸及梁架人面牛腿
幸存在雀替上的图案仍美到绝望
美是十年不散的芳香
死是洗净
从恢宏的记忆中濯洗
直至鲜亮

3

大镰刀的月亮割下一墙树影
一个傻瓜顺手把它丢进草丛
它几乎没有重量
除了孤独　死亡与爱的面孔

4

古渡黄昏　偏瘦
风不想再去远方
在一亩花间
半顷水上安顿自己
林更稠密
夜无法逃遁
城如旧时小说
朴素又粗野
并非我虚构　我也在其中

5

我将不会永远居住在这里
不止一处的粮食酿成了酒
过去的烟尘在紫色的大江上冉升
仿佛土地的触须开始争夺天空
我要去远行
会会过江的猛龙　在广阔的堤岸上
与披着青铜的勇士相遇
一起去往那些江水可以涉过的地方

6

水驿。水皆瀫纹

历史就是普天下人的德行
那最微不足道的和最伟大的德行

那睡在虱窝里
与冷酷的现实为伍的他们
正愁苦地望着兰江上的大太阳
不停地劝慰自己　有什么关系
我现在中流自在而行　所向披靡

7

暴雨淋湿柳家码头赶货的人
穷人和富人的面孔变得一模一样
他们将经衢县赴赣　或由江山赴闽
到了早晨
可以看见太阳用金线织好一江黄金
如流水本身
我偶尔路过一些好看的宅院
有穿着旗袍的女子抚弄着猫
弹拨岁月的轻响
而经年不回的男人
已从风烟俱净的江上
学会了广阔和久远

8

大旱。一场来自远古的争夺

天空与大地开始疏离
兰江成为巨兽的眼　深陷荒凉
它看到裂开的墓地之上群星坠落
它看到许多粮食荒在田里无人收割
那些继续耕种而暗自忧伤的土地
如臣子朝觐般虔敬

它看到怀念从死亡开始
往日的时间如群鸟纷飞
又纷纷聚拢
一切事物开始触摸到了自己的边际
它看到生长　迁徙　衰退
大船
一枚被束之高阁的土豆
田鼠在它腹中娶妻生子
它看到旧时兰溪
上游　黎明　无穷无尽的幻想
秩序和无处不在的暗疾

9

旱季持续　作为小小的注脚
天空的注脚
黄昏传来还魂之声
可怕的井中
干涸的河床　膨胀的欲望
许多人在山上采药　挖掘野菜

另一些人成为尸骨
成为寂静的一部分
多么安静的大地之腹啊

蚂蚁从江边经过
如一场默剧
语言和情爱尽在戏之外
我们在梦里获取虚构和宗教
流水是一个人的起义与革命

白骨让夜更黑暗
在五马渡有个致命的副词
在这里
一个尘埃落定的词　无河可渡

10

1912 年冬天
成衣店中挂着紫色
蓝紫色和黄色的衣服
主人擦着锃亮的铜器
屋外下着大雪
大雪有着安宁明澈的质感
仿佛重生
而冷是一种教养
空旷　　干净无界
用以处理多余的感情

12

鲜亮的漆色如戏子的油彩
盛世的桃花拾掇在暗处
这里四季常青
春天别有深意
也有上好的棺木上好的漆
将光亮深埋
死亡过于庞大
安放之所多么小
红漆的嫁妆置放在铺子最显眼处
心照不宣地愉悦
春天略显多余
漆匠忙于一年中最后的活计
刷完棺木　　又点画嫁妆

雪越下越明亮
猫爪一样轻
把屋上的瓦刷到白头
明月一样亮
照亮夜的盲睛
除了兰江水
像新染的印花布
从上游一直铺向下游
三分之一英里宽　　最阔　　最堂皇
有船行江中　　苍茫处

且信时间不空虚
信是江南的风骨
既信了开始
也请信了归程

13

在南方　雪分外重
夜深时将陆续压断最脆弱的枝条
天亮后　麻雀纷纷迷路
并开始觉察到某种异样的静
静是抽身离去的静

14

出门前照例要供奉神灵
因为苦难太多
得像腌制的火腿一样用纸包好
仪式过后　喜悦将理所当然
苦将仍是苦
但或许会成为体面之事
廊前小作坊里堆着成箱的冥钱
让人确信财富缔造了神话
雪没有停
它佯装后知后觉
许多人正谈爱一样谈论恨
谈到炉火熄灭　天色将晚

谈到天地宁静
大雪漫天飞舞
谈到四季分明
巷子深深江辽阔
而远方　　属于出远门的人
雪花飞不到的地方
爱可以填满

15

下雪前一天
这里曾执行死刑
钢刀砍落了生
死是两相分离

西城门下有画像的铺子
像代人写信一样
画像以遗像为主
许多人围在那里
看犯人如何在一张纸上再度栩栩如生

16

城靠着一座大山
山顶有寺院和宝塔
香火鼎盛
巷陌宛如黑白格子的棋盘摆在江边

一年中最后几天
神龛格外鲜亮
供品都是上好的
漆匠家的猫眯着眼睛看世界
误以为拥挤才是年
偶尔会跑过一匹小矮马
穿过篾匠　木匠　铁匠　纺棉花　还有药材铺
——熊掌　虎颌　人牙　蜈蚣　蜥蜴和干海马
曾经鲜活的东西在商人掌心一一复活
人们通常用齿印去喜欢事物
酒店的彩旗常年迎风招展
轮盘赌桌边围满了一年的好手气
发梳供不应求
因为最近许多人剪掉了辫子
对一个三岁的孩子来说
六英尺的主街道
已经足够宽阔
雪像过去的记忆一样白
如果不是惧怕一只上了年纪的猫
他也许会把手伸进烧饼店火烫的炉子里

17

戏台老旧
但留住光阴绰绰有余
戏里的男人骑马打仗
醉也好看

戏里的女子水袖如江水翻卷
红颜易逝
小碎步轻易跨过了几个世纪
一出悲喜散落成更多的悲喜
如密密的韵脚找到人们心上的裂缝
所有人都没有掸掉身上的雪　阒寂
时间悄然弯曲
遥远的东西触手可及

18

后街　一个丰饶的世界
一大把蜜蜂飞来
嗡嘤之声四处流淌
我充当伙计
兄弟表亲在贩卖日月星辰
流动的一切总能减轻苦难
譬如春在风中嗅

19

早晨开市　午后散集
有妇人回头望
见桐花开得跋扈
风经过也多虑与迟疑
埠头遇到热心的摆渡人
热情纷乱如她的心

她浅眉低头
我的心就长草驳杂
她步履谨慎
青石板就古老谦和
我靠近火炉
火焰对着火焰焦灼
有人唤她的名
我擦拭镀银的　　镀金的
铜器也亮出了光泽
但转眼亮光全不见
她消失在人群里

20

太阳没有把我们的阴影投在这里
我不习惯说话
整一个上午　　明亮的上午
我像金色的甲虫
停在一片叶子上
没别的
爱情把这个世界变成了一片叶子
游埠也曾向春风殷勤
它情深如许
但绝不慷慨

21

日暮时分　　光亮更鲜活
一切都大胆而美好
世界在重新创造
夕阳正把一匣子黄金倾倒在河上
过往的船只纷纷搁浅

22

阳光是一场占卜
更像千万条水蛇
妇人从陡峭的台阶下来　　去河埠取水
金色的蛇四散逃逸
将自己藏进碧绿的水草丛里

23

我静坐这儿有一刻钟
杜鹃花已经栩栩如生
一无所有多么惬意
没有房屋　　没有土地
没有女人
可以把自己悬挂在任何地方
成为任何之物

游埠早市

动词太多　　名词只一个
老旧的事物四面八方如鸟儿聚拢
我习以为常
过去和现在陈陈相因
流水是唯一的线索
所有的事物充满着对未来的揣度
从上游到下游
随处一站
我就是彼时的我